歌集

春にして君を離れ

From you have I been absent in the spring

Tomoko Huruya

古谷智子

角川書店

春にして君を離れ＊目次

I

II

Ⅲ

装幀　間村俊一

歌集　春にして君を離れ

古谷智子

I

春のはじめの

壮年の庭師三人《みたり》のかろやかな剪定ひびく春のはじめの

歳月をためてみつしり繁りたるヒバのうすやみわけゆく鋏

繁りたるローズマリーの下枝を刈ればはろばろ香る異国が

ルイス・キャロルはるか昔のはるかな地ひきよせながら読む新訳*を

*穂村弘訳『スナーク狩り』

出自かのアイルランドと知りしより胸にちひさな鈴なりひびく

本名チャールズ・ドジソン

わが言ひしことばにわれがゆつくりとまきしめられて春の鬱屈

集まりをさけて人さへ遠ざけるこころにともる黄のクロッカス

書き籠るしづけさ嬉しこの春のひかりゆらめくカーテンを引く

『日の名残り』* 観しははるかなふた昔まへなりことばの磁場に惹かれて

*映画　カズオ・イシグロ原作

こころもてつづることばのやはらかさ『わたしを離さないで』* クローンの手を

*同著作

亡くてなほ恋ほしきこゑの肉体のまなざしのなかの言葉を掬ふ

カズオ・イシグロ書き継ぐ記憶の果てのはてうすれゆくほど艶やかになる

稀覯本むすぶリボンをほどく手の重々しくて息呑むしばし

自画像

まなこ剝くエゴン・シーレの自画像のうすむらさきに透く胸のうち

写真よりなほくきやかな自画像のまなざし深きに吸ひこまれゆく

午後七時の空うすひかるその奥の蜜なる闇を洩らすことなし

友逝きぬ　はるかに離《か》りし一隻の船尾見送るやうなさびしさ

幾たびもまきもどすなり喜びに崩るる波頭のごとき笑顔を

ひろやかに朱《あけ》の入り日の滲みゆく西方浄土あすも晴れらし

さとやまに沸き立つ万の熊蟬のこゑ降る墓にそそぐ素水《さ》を

沈みたるこころ励ます遠雷のひびきは夏の亡き人のこゑ

〈ひきこもり特集番組〉再放送　ひきこまれゆく午前二時すぎ

Hikikomoriそのまま写して英単語となりしなりゆき胸を衝かるる

「引き出し屋」*の怒号ひびけるひきこもり深夜番組消しがたくをり

*施設入所斡旋屋

うつすらと雲母降らせるごとくして文月の昼の雨はかがやく

武蔵野の井筒ちろちろ洩れいづる水はひかりを零しながらに

起伏なめらか

雲なべて平らぐ秋空はるかなる天への道を浮き立たせゐつ

「やはらぐ」といふ肩肘のちから抜くわざは雲から教へられたり

白鳳期の冷気まとひて面長の如来さびしき笑みと思ひぬ
深大寺・国宝　釈迦如来像

笑みたまふか泣きたまふのか定かには分からぬ頰の起伏なめらか

追羽根の音はなつかし鈴なりの無患子《むくろじ》あまたの思ひ出を吊る

「内面に花は充つる」と記しある最古のイチジクいま花盛り

執したる稿《かう》手放してしばらくの瀬音ひそかな放心の川

あかねさす真昼しづかなビル街の空の青さに湧く旅ごころ

あしびきの山のすそ野の連体詞、あの、その、このと赤き柿の実

しらぬひの筑紫の湯宿に一夜寝る夢のおぼろに満つる母の香

落葉はらはら浴びて立ちをり　思ひ出はもう戻らない時の集り

ドビュッシー「月の光」にながれよる半音階に酔ひ痴れながら

池の面にうつる秋空澄みわたる天をゆらしてゆくアメンボウ

ドワイエネ・デュ・コミス

轟音をひく大江戸線はるかなる都心の底の闇ふるはせて

黄昏の雨にけぶれる四丁目、和光、三越、銀座シックス

平成の銀座の深き地の底にほつかり灯る能舞台あり

しづしづと柿落《こけら》しの橋掛かりゆく白式尉《はくしきじょう》の老いこそは艶《えん》

能管《のうくわん》の一声するどしこれよりは亡き人、死霊の出で入る世界

敦盛の能面「十六《じふろく》」うつくしきおもての裏がは木の粗削り

足もとも手もとも見えぬ能面のうちなる小さき穴よりの視野

腰しかと入れねば歩めぬ能舞台　亡母の腰の座りたちくる

能舞台のかなた飛び去る時とどめ摺り足一歩に過ぐる千年

大柄な父の観阿弥、小柄なる世阿弥の見目のうつくしきこと

ゆめにゆめかさなる都市の地の底に千年の時熟れてゆくなり

大通りぬければ裏道たちまちに入り組むビルは伏兵の巣か

あらざらむこの世のほかの思ひ出など少しも欲しくはない星月夜

洋梨の〈ドワイエネ・デュ・コミス〉ほんのりと紅さす頬にナイフをあてる

鬱の繭ひとへふたへの夜を重ね二十重《はたへ》の秋のこもれびまぶし

弧をゑがき飛びゆくかりがね中天のふかきに水はたゆたひてゐむ

曇天に目鼻はあらずゆるゆると溢れこぼるる真昼の雨は

雨匂ひゐつ

疲れたる身をほぐしゆく時間とふ大き手のひら温き手のひら

眠る子の息ふかぶかと隣あふ車中に秋の雨匂ひゐつ

うとうとと眠るこの世のたまゆらの身の空白をはこぶ特急

余映とふ名残り惜しさのいつまでも退かぬ秋空こゑのごとしも

「ノリタケの森」にふる雨ゆらゆらとこころをゆらし木々をゆらせり

スパゲティの西洋きのこフォークよりこぼれて遠き森の香のする

古宿《ふるやど》の小部屋のあかりひとつ点けふたつ点けして一夜の砦

とろとろと覚めてゆらめく副交感神経叢に秋の雨ふる

いつまでも遊びあかざる神の手の小指の先にひかる夕星《ゆふづつ》

枡酒のあふれあふれて新走《あらばし》り受けるくちびるかすかに匂ふ

洩れいづるコントラバスの超低音うごめき初めて「喜びの歌」

みをつくしてや

取り札の「みをつくしてや」おはこなる一枚みつめて動かぬ少女

屠蘇の器洗へばつやめく朱《あけ》の肌さらりと寒の水を弾けり

連凧かとあふぐ機影のほのぼのとながれて睦月の天をよぎりぬ

鮟鱇の肝《きも》すりつぶすねつとりと味噌をからめて酒したたらせ

背びれ尾びれ皮までまるごと鍋のなか身体髪膚頂戴します

ふうふうと熱くなければ鮟鱇に申し訳なし骨透きとほる

必ずやゐなくなる世の冬あかり子の子のをみな子ほのかに灯る

思ひ出のしいんとしづむ沼ひとつ身内にありて真冬こごらず

ほろほろと脆く崩るる日常のひとりの昼餉の菜《さい》ひとにぎり

木といへどこゝろをかくればこゝろかへるごときすずしさ　白梅蕾む

くだりゆく石段のした紅白の花さしかはす梅の香溜り

煮えつまる街

世には亡き長弟ひとり　世に在りてひつそり生き継ぐ末弟ひとり

生きづらきこの世の隅に隈もなきガラスの魂《たま》のやうな末弟

亡きひとのこゑにこゑがかさなりて輪唱ゆたかに波打つ空に

おしやべりは松葉牡丹のあたりより湧きてあふれて耳をくすぐる

噴きあぐる夏の大地の息づきに泡立ちやまぬ緋のさるすべり

おばあちゃん好きな色はなにと問ふ短き電話は夕まぐれどき

「この心配どうしてくれるの」つぶやけば「水に流してあげる」と五歳

謎々のやうな言葉を吐きつづけ涸れることなき泉であれよ

真夜中の画面に憂ひを滲ませるアガサ・クリスティいまだ少女期

遙かなるアガサ・クリスティとつとつと紡ぐ言葉はこころの迷路

わがメアリ・ウェストマコット*抱きしめるためにふたたびみたび書を繰る

*アガサ・クリスティ『春にして君を離れ』の筆名

あをぞらを一皮むけば漆黒の宙あることのわれのごとしも

うつくしき波紋ゑがきて鳥の群とびさる西の空ゆれやまず

迷走の大型台風たつぷりと吐きだす芯まで湿る溜息を

縦横に張りめぐらされし電線におほはれながら煮えつまる街

呼吸のごとし

かつと照る晩秋の陽にかがよひて銀杏総身燃えたつばかり

葉隠れの柚子のいとしさ去年《こぞ》植ゑし一樹がしつかり守る一果を

ゼニゴケの貼りつく庭隅ほの暗くふかき眠りにこころ吸はるる

ひきよせる初校の分厚き五百枚『片山廣子』のこゑが洩れくる

あなたへとこころひかれて十余年濃きウビガン*の香につつまれて

*廣子愛用の香水

こころ強く引きずり込みて婉然とゑまふポートレートの視線

惹かれゆく北陸の旅　雪よりも浄き廣子の自筆恋文

迷ひまよひて北の駅頭刺すやうなみぞれぼた雪舞ふ高志の国

全歌集にふつふつとして湧きやまぬ韻律一生《ひとよ》の呼吸のごとし

シクラメンの朱のきりりとむすぶ部屋こゑなきこゑがほそくひびきぬ

天の借り物

音もなく降り初むこな雪　春耕《しゅんかう》の畝ふつくらと浮き立たせつつ

とりどりの色もつ屋根がひといろにそまるひと夜の雪をかづきて

インフルエンザB型鎮座ましまして睦月のわれは抜け殻である

わがものにあらぬ身体つくづくと病みて籠れば天の借り物

一万語ふえし広辞苑あたらしき語を掬ひあぐ鮮魚のごとく

いにしへの神事にひびく音たかし四股なつかしきあらたまの場所

コントラバス浮き立つ明るきウィンドー　楽器工房春めきながら

ふたたびを雪ふりしきる街の灯のほどけてしつとり滲む立春

Ⅱ

真冬の死

くれがたでありしか宵か覚えなきままに馳せたり病棟の地下

2018・2・5

孤独死のゆゑの検視のとどこほりなき半日ののちの帷子《かたびら》

自宅から警察をへて病院へゆきてそのまま白花《びやくくわ》の真中

「寝過ごしたよ」照れし末弟　電話口に聞きしが終《つひ》のことばとなりぬ

亡き人に組み込むことがどうしてもできぬ三日三晩宙づり

そこのみが温しもロマンスグレーよりもつと白くてさやさやとして

胡蝶蘭のきはだつ白さきさらぎの祭壇高きに死は宿りたり

遺されし古き小さき手帳より書きうつすなり　三十九句

乙女椿の一句ふくよか咲き満つるを〈花極楽〉と言ひしおとうと

見つめゐてだれをも見つめぬほほゑみをたたへし瞳はあなたの遺影

みつしりと埋まる手帳に読む一行「在るは居ること死を保つこと」

亡くなりてはやも十日かとどまらぬ時の河原に積む小石あり

ひりひりと傷つきし胸電線のゆれにはげしくスパークをする

倒れたる居間に日ごとの陽は射して平成最後の春近づきぬ

平成ののちの世知らず平成に逝きし父母《ちちはは》ましておとうと

軒先にまだ亡き父母の傘があるしんと冬陽にひかる傘立て

はらからの挽歌またもや詠む日々の時のめぐりにこころを尽くす

紅茶、饂飩、野菜ジュースのそのままに冷えて庫内の春のうすやみ

門《かど》の桜咲いた咲いたと詠みし句の古木のさくら今年は咲かず

詫びたくてならぬあれこれ降り積もるこころの庭なり冬の庭なり

吉凶の綾なす紐のゆらゆらと垂れゐむ天の茜に染まり

菜の花ざかり

七七日忌《なななのか》は菜の花ざかりひつたりと塞ぎし胸の裾があかるむ

法要に四十九日に納骨にこまごまと世の予約要るなり

わたくしをわたくしと証するために取る謄本、抄本、原本、その他

おとうとの油絵ちひさなＳＭ《サムホール》*「天の梯子」を壁より外す

*画布の寸法

日常は積み上げられて崩れむとする新聞の束の高低

積みあげて丁寧に角をそろへたる新聞、雑誌に書類みな過去

捨てられぬ過去ことごとく崩れ落ち身を横たへる空間がない

混迷のこころの底に立つごとし足の踏み場もなき死者の部屋

七部屋を埋めつくしたるは過去ばかり見えざる明日に立ちつくしたり

身の丈の開かずの金庫はハンマーで打ちて電動ドリルで穿つ

やうやくに開きし金庫のなにもない奥処にぽつんと一冊の手記

厚がみに貼る包装紙かきらきらとひかる表紙に残る指紋が

今生の桜散るなりひらひらと舞ひくる遺品整理の部屋へ

遺品積む二トン車八台　うつすらとかげろふゆるる門を出でゆく

ごみ屋敷かたづけたるにその家が片づけきれない巨大なるごみ

まきしめし蔦まだ芽吹かぬ古き家　毀《こぼ》たむまでの春の陽だまり

春陽のあふれこぼるる姿見のひかりの湖《うみ》に入りゆきしひと

浮き沈むうつつのこころの愚かしさ弥生の雨は柔らかく打つ

天空に異変のあらむ薄き濃き真綿のごとき雲が揉み合ふ

ミモザ闌けヒヤシンス闌け木瓜が闌けなめらかに降《お》りる春の緞帳

春の扇面

花のみの枝ほつそりと打ち広げミツバツツジは春の扇面

どのやうに生きても独り　百余年超えぬこの世のどの辻ここは

うからはらからみながら亡くて素裸のこころに花のあかりをまとふ

持ちきたるかたみの二棹あけるたび里の母屋の匂ひが洩るる

朝ごとの障子開ければほんのりと遺影に春のひかりが及ぶ

すべて無に帰するは抽象ならずしていまし庭木が掘り起こさるる

籠りたきこころ励ますやはらかきひかり洩れくる春の窓外

寂しさの深度は知らず孤独死の身辺ゆたかな本の山あり

「もうすこし楽しみます」と友だちに書きたる反故の葉書一枚

やや右にながるる文字の横書きのかすれかすれて春霞する

孤独死と言はず思はず　新聞の溜まりしポストのまぶたが真つ赤

したたるこころ

救世軍の角を曲ればひつそりと山形屋紙店和紙を商ふ

古書街をそれてちひさき紙屋まへ創業明治十二年なり

一誠堂の天井高し『新古今和歌集』箱入り背を正しをり

茂吉全集三十六巻四千円ふたたびみたび見返す値札

春嵐に散りてくれなゐ濃き椿ぽたりぽたりとしたたるこころ

ひさびさの再従弟《またいとこ》の声とつとつとつなげて告ぐるその母の死を

みづからに閉ぢし八十四歳の痩身ふかきに沼を湛へて

矢車草、キンレンカにひるがほの乱れ咲く野のはての斎場

ふいに高きこの世のなきごゑ三月児《みつきご》のこゑつややかに経に添ふなり

わが名づけ親なる従姉《あね》の凛としたこゑが洩れくる火炉閉まるとき

また一夜明けて晴天あたらしきひかりあふるる亡くて九日《ここのか》

西部邁*自裁の報のリアルさを怖るるなけれ羨《とも》しむなけれ

＊2018・1・21　元東大教授、経済学者、思想家　78歳

新聞によむコラム欄数行に朝のこころは立ち上がりたり

今年またかけがへのなきひと奪ひたる五月の風の芯の冷たさ

驚愕ののちをゆるゆる身を浸すおとうとの死に従姉《あね》の死の報

真つ白な花の傘なり咲きみつる五月半ばの野の山法師

夢の器

はるばると南半球より来たる二十歳《はたち》の夏の夢の器よ

百八十超えるをとめの身の丈を日豪の血のせせらぎやまず

大き眸の奥まで瑠璃色ふかぶかとたゆたふこころの湖《うみ》に漕ぎだす

豪州と日本国籍どちらかを選ばむとして揺れる天秤

あたたかき身の熱伝ふきつちりと夏の襦袢の帯しめやれば

たくましき再従妹《またいとこ》なり馬飼ふといふ太き腕こんがり焼けて

住みつきてはや三十年《みそとせ》かはろばろとオーストラリアの土の香のする

まつしろな新芽吹く木の名も知らぬそのやはらかな夢を刈りこむ

うらがへるごと

ちちははにはらからすべてあらぬ世の夏至の蒼天うらがへるごと

亡きひとの見下ろす下界かうつくしきしとねのやうな天の夕映え

真つ新《さら》な足袋にすつすつと改札を過ぎゆくときに力わきくる

オペラ歌手、プロジェクターに能役者かぶきやまずも平成歌舞伎

うす暗き天井桟敷によせて打つ須磨のあらなみしぶくＣＧ

デジタルの映像、奔る波がしら、今様歌舞伎どよめきやまず

夏帯のお太鼓にふはりと飛ぶほたる梨園の妻の立ち居すずしも

伊勢の西行

そそりたつビルかとおどろく車窓なる雲は真白き伽藍のごとし

高層ビルなき沿線のすがすがとひろがる夏空ダイブをしたし

最速の梅雨明けといふこの年の水無月十六夜ひもとく著書を

遺されし歌集『３６５』　浅野*良一伊勢の西行

＊初学の師

口数のつね少なくてひりひりと跳ね返りくる反骨の意志

転戦の果ての地名に「硫黄島」ただひとたびを聞きて忘れず

いただきし歌の添削みつしりと書き込まれたる朱筆は褪せず

軽井沢

はるぜみのころろころろとふりそそぐ水無月なかばの高原の朝

ホアン・ミロ、カンディンスキーひつそりとならぶ回廊　銀の陽が散る

セゾン現代美術館

囚人のベッドあまたが並ぶ部屋　アンゼルム*・キーファー胸締め上ぐる

＊「革命の女たち」

奈良美智《よしとも》ゐがく少女はそのままに重なる写楽の未来見る目に

軽井沢現代美術館

にらむ少女にらむこころのまつすぐな視線はしつかり見てゐるわれを

水玉をまだ描かないまつさらな草間彌生の射干玉《ぬばたま》の目よ
軽井沢ニューアートミュージアム

春楡の木漏れ日ちらちらドットなす苔の林をぬけがたきかな

千住博美術館なるガラス張りひかり合ふなり内と外とが
軽井沢千住博美術館

大瀑布音なく落ちてもうもうと生む白煙に〈コトバハイラヌ〉

千住博のしづけき「滝」と渦巻ける横尾忠則「滝」の百号

胸うちに対なす「滝」の無彩色・極彩色に針振れながら

四日目の夕べしとしと降りやまぬ万平ホテルの窓辺に寄りぬ

Ⅲ

郡上

吉田川に表情のあり　みどり濃き淀みの静けさ瀬を奔る波

ぬらり手にふれて郡上の吉田川くぐる真鯉は濃き匂ひもつ

鮎釣りの竿が撓へば手元から先端までを奔る夏の陽

ゆつくりと時は流れて川の面にうつる雪嶺　夏のしら雲

長良川に泳ぎ覚えし幼き日〈浮力〉といふを身が記憶せり

呑み回す柄杓の水のしつとりとつやめく甘さは宗祇のめぐみ

郡*上城はるかに仰ぎて登りゆくその中腹に灯る山車《だし》あり

*郡上八幡城

眠れざる武将のこゑがをりをりに洩れくるライトアップの古城

息荒くのぼる山道ふかき闇見知らぬ背《そびら》に付きてゆくなり

はらはらと降りくる雨に盆踊りの手ぶりやさしく招く魂あり

ちちははにおとうとさへ亡きこの年のたつたひとりで見る盆踊り

台風の余波に日傘の煽られてあるく名店「美濃錦」まで

ひとり旅の辻ののどけさどの道をゆきても咎めるひとりとてなし

卵つるりとむきたるごとき目覚めなり高速バスに眠りこけゐて

ゆるやかに曳く裾かすむ青富士の全山まるごと晒す午後の陽

見惚るる

亡き人のまなざしならむやはらかき光零るる雲の切れ目に

孵化したるばかりの蝶のゆらゆらとひろげてはまた閉ぢる流紋

外国語ちらほらながれて盆明けのアメヤ横丁すこし涼しい

間口狭きがつづく路地裏闇市のにぎはひなほもただよふ夕べ

年に一度ゆくスポーツ店新着の水着サイズはひとつ格上げ

ゆっくりと抜けゆくアメ横手さげにはピータン、合鴨、カルパス、水着

抜けてゆくタイムトンネルぬけられぬ記憶のトンネル身にもちながら

隣りあふビリヤードテーブル寡黙なる男巧みなキューに見惚るる

強く突くキューの動きに九《きう》の球みだれ散るなり　筋書きはなし

ゆくさきのわれにも分からぬ球は魂《たま》ころがりながらぶつかりながら

指紋

窓、雨戸みな閉ぢられて黙したる家の甍をすべる月光

亡きひとの身熱《しんねつ》のこる廃屋のガラスの窓に浮く指紋あり

家といへど死にゆくものか軋る鍵　開けて入るたび濃くなる腐臭

二百日経ちて凪ゆく身のうちの海がふたたびみたび騒げり

たちまちに地の熱冷えてふかぶかと沁み込む雨にまた雨が沁む

忌日みなおぼろおぼろにゆく秋の白萩ほろほろ散り初めにけり

起き抜けの一足飛びの涼しさに震ふ十月身の整はず

一身を染めあぐるなり姫沙羅のしんそこ深きくれなゐの塔

おだやかな小春日和だこんな日は亡き弟の背を抱《いだ》きたし

かうかうと燃ゆる夕日を呑み込んではるかかなたの樹々炎上す

相模川

向日葵は種もち紫蘇に花の咲く秋の初めの庭物語

ただよへる記憶のごとし黄昏の秋明菊の白ほのかなり

いつのまに入りたるラインか二十年振りの転勤告げて明滅

唐突な欠員ありて補充さるるちひさな駒のひとつか子らも

妻子なき者にて真先にあがる名か急なる転勤企業前線

歩《ふ》が金《きん》に成るかならぬか相模川はるかに越えていく駒がみゆ

さらさらと風吹くそびら長身の隅からすみまで関東育ち

置いてゆくブルースカイの乗用車　鞍はづされし牝馬のごとし

新天地ひらける予感ほのぼのと染まる朝焼け朱深めゆく

薄雲の切れ目もれくる陽の眩しこんな恵みのひとつあれかし

ゆつくりとまはる天球　ただひとり立つその位置がすべての初め

ラブ・ユー

特異日のけふの青天しめやかな艶を帯びつつ秋は移ろふ

ストレプトカーパスといふ花の名を引き抜くまでの記憶の沼地

モディリアーニ「おさげ髪の少女」に会ひにゆく遥かな過去に逢ひにゆくごと

「知が添へば美は衰ふる」ウォルター・ペイターつづりし言葉おそろし

カフェ「らんぶる」降りゆく地下の大ホール吹き抜け高き昭和の香り

岩田正氏坐りゐしソファーの臙脂色つやつやとして滑《ぬめ》る天鵞絨《ビロード》

いつまでも巣食ふさびしさ賑はへる宴ののちを帰る夜の道

坂みちをくだればこころゆつくりと染まりゆくなり巷の音に

想ふ人ありしやいなや亡弟の引き出しの奥にあるプロマイド

〈オールウェイズ・ラブ・ユー〉目を閉ぢて深夜の闇をなほ深くする

ホモ・デウス

音立てて降る秋の雨さといもの大葉へらへら笑はせながら

休日の朝を縫ひゆく少年のスケートボードがひびく路地裏

黒白《こくびゃく》の反転しつつ身にふかき薄暮の森をうつすレントゲン

ネットより釣りし一冊『ホモ・デウス』*新刊にして水のしたたる

*ユヴァル・ノア・ハラリ著

『ホモ・デウス』下巻たのめば翌朝にとどきて神の応《いら》へは速し

べにいろにこがねに染まりてたなびける雲のひとひら永久の臥所《ふしど》か

艶やかに〈カプリチオーソ〉の舞ひあがるたまゆらこの世にとどまれよ君

高音の冴えてフレディ・マーキュリー身を反らすときするどき楽器

野に放つべし

ひとにぎりの分骨ねむる上総なる風のしづかな丘の墓原

丈低き狗尾草のさやさやとゆるる墓なり亡母《はは》が建てたり

いまは亡きうからはらからふつふつとわく寂寥は野に放つべし

残菊のくれなゐは濃し平成のをはりの冬の一花摘みとる

ひつそりと籠る熱かも掘り起こす冬の黒土ふれて温《ぬく》とし

パンジーの咲くまでの日々もうすぐと待つよろこびがまだわれにある

ゆれやまぬ送電線の軽やかなリズムに空がのびちぢみする

音もなく下りゆく雲の緞帳を洩れてまぶしき冬の入りつ日

つばさを洗ふ

さらさらと冬の青天渡りゆく風につばさを洗ふ鳥影

寒中の八丁堀に聞きにゆく「夏目漱石家計簿のナゾ」*

*早稲田大学オープンカレッジの講座

牛肉に鰻はなべて漱石の濃き口髭のかげなる美食

こもりゐるガラス戸開ければ爽やかに頰打つ寒の風は神の手

叶はざる願ひは叶はざるままに温めおくなり孵化するまでを

とり落とす欠礼葉書三百余ばさり散りしく深夜の床《ゆか》に

さびしいかと問はれてをりぬ年の瀬の電話のこゑは古き友だち

窓外にひろがる水のごとき空さやぎて浅瀬のさざなみ光る

デージーの小花をせめて庭先に植ゑてはげます喪中のこころ

幾重にもならぶ人々列ながくムンクの「叫び」を巻き絞めるなり

ムンクまだ叫び続けて茜濃きかなたの空は暮れなづみをり

Ⅳ

震へるごとし

晴れわたる一月の空いちまいの箔はらはらと震へるごとし

帯ながく垂らしてさても忘れたる太鼓結びの手順あれこれ

裾模様に白梅ちらほら散らしたる晴着に払ふ邪気のあれかし

徒歩五分溜池山王地下鉄をでてのち音の坩堝のホール

今年初にみる茜雲たなびきて長く尾をひく冬の火の鳥

蕾みゐしポリアンサスが一点の朱のぞかせてひらく小寒

あけぼのの褪せて端麗しろじろとひろがる冬の空の素の色

いつのまに過ぎし旬日このとしの初頭は平成終る幕あけ

晩年の恋

甲斐の山せまる車窓にちかぢかと額《ぬか》よせ頬よせこころを寄せる

はらはらと雪は舞ひ初むバスを待つ山梨県立文学館前

芥川のコーナーいくどもめぐりゐつペン書き草稿あまたなる磁場

初書きの章うひうひし文豪となるまへの文字たゆたふごとし

帝大生芥川なる右肩のすこし上がりし文字発光す

おだやかな龍之介の目ふるさとの家を遠目にのぞむ水彩

南国のひざし描きて龍之介の筆跡くきやかゴーギャン模写に

声聞寺《しやうもんじ》和尚に残しし河童の絵ふりむきざまの笑みは凄しも

文学は文字を具とすと龍之介文学講義のはじめのはじめ

横文字につづりし講義か「人生と文芸ノート」第一日目

『羅生門』冒頭十行　見え消しにまだ生きてゐる文字が浮きたつ

「牛のやうにただ図々しく」進めよとふ最晩年の漱石の檄

龍之介最晩年の恋のことかたる真冬の甲斐「談露館」

甲斐の地に芽ぶくかここに語りゆく廣子のうたの律おだやかに

まだ歌の余韻ひきつつ乗り込みし特急「あずさ」裂きゆく闇を

いつしかに眠りこけたる夢の川こえて遙かにもどる日常

「ぼんやりした不安」いまなほ引き摺りてなほふかめゐつ平成末期

クリスマス・ローズ開けばひらくほど深くうなだる寒の半ばを

堕ちてゆくときこそもつとも輝きて睦月晦日の余光たなびく

節分の空おだやかにながす藍　小舟のごとき雲を浮かべて

雨夜

くつきりと彫られし墓誌銘なでゆけば長《をさ》のおとうと末《すゑ》のおとうと

長弟の行年十七　早まりてこの世を去りしが先頭に立つ

一周忌迎へしばかりの末弟のまだ匂ひたつ墓誌銘の白

ひとりまたふたり減りゆくさびしさを宥めるやうにふる春の陽は

埋め立てし崖にさらなる造成地この地の果てまで並ぶ墓原

魂おろしといはば言ふべしわれならぬ手がほろほろと零すうたあり

亡きひとを数へあぐれば星の数超ゆると雨夜の感傷甘し

吐息ちひさく洩れくる背後ふつふつと咲きつぐ冬のエリカうすべに

水を湛へて

ひた走る中央高速きさらぎの雨のベールを切り裂きながら

二時間余走ればひろやかたつぷりと水を湛へて臥牛湖《がぎうこ》のあり

しらなみの立つ湖岸かも生者より死者のふえゆくこの世の水際

力ある朝のひかりよ　カーテンをひらけばすなはち聳え立つ富士

ほんのりと染まる頰かと仰ぎみる富士のしらゆき春のかんばせ

ふざけつつ走る子は子のあとを追ふ富士の裾野に通学路あり

ただそこにあるものとして富士の峰見ることもなく走る地《ぢ》の子ら

裾野にもコンビニはありつややかな髪を束ねて少女入りゆく

ゆるる百房

穂先まで力みなぎり咲きそむるミモザ大樹にゆるる百房

房なしてつやめくミモザの黄金に寄ればつましも一花一花は

シャンパーニュ・ボランジェ　春の黄金のひかりとろりとこころを酔はす

天空にこゑはあふるるほつそりとたつアンテナの穂をゆらしつつ

祈りとふかたちしづかに手を合はすしぐさつつつまし今も昔も

亡弟《おとうと》の遺稿繰りゆくかすかなる音消えのこる丑三の時

「自由に生き自由に死んだ」忘れ得ぬフォトグラファー*の掉尾一行

*ラリー・パンネル

見とられて死ぬ獣なし百獣の王よろめきて去る群れのそと

南アフリカ、クルーガー国立公園

百獣の王スカイベッド・スカーさらばへし果ての孤独死　成就のごとし
*元ボスライオン

春の街ゆけど孤島のごとき胸さびしき波のうち寄せやまぬ

ぽつかりと開く青空きさらぎの雲間ただよふ湖《うみ》のまぼろし

一羽つと飛べば一拍間を置きてまた一羽飛ぶ澪ひくやうに

こゑ追ひながら

「花宇宙」と呼びしおとうとつぎつぎに咲く花どれも弔歌のごとし

近寄ればひと花ひと花こゑ洩らす木瓜《ぼけ》満身の朱噴きあげて

「下手でいい」「下手がいい」とふ絵手紙の小池邦夫[*]の薔薇がほころぶ

*絵手紙創始者

「生き方もおなじで下手がいい」といふ否か応かはわからずいまも

これの世をけちらすほどの無頼ではなくてななくせ　生きがたからむ

詠はねば消えゆく髪膚か　あとかたもなきはらからのこゑ追ひながら

法螺だつて吹いていいのだ百年余超えぬこの世のこゑのはかなさ

身を狭め生きしあかしの手記はかなヒヤシンス忌とひそかに呼びて

「悲しみを超えた愛」とふ花ことばヒヤシンス忌のひと日暮れゆく

消ゆる身が消えゆく家をつくづくと惜しむ夜つやけき満月である

天の沖

ゆるゆると下るは権現坂あたりS字ゆるきを辿りながらに

日本医科大同窓会館*　胃弱なりし漱石住みゐしあとに聳ゆる

*日本医科大学同窓会橘桜会館

近代をささへし胃弱文学の『こころ』しづかに生みだす力

花の咲くまへしんしんと根津権現さつきのなだりをすべる陽光

大鳥居に楼門、唐門くぐるたび荒れたるこころが鞣されてゆく

須佐之男命の強運さやさやと呼びこむ社殿にかうべ垂れをり

三百年経し楼門の下くぐる　時空音なく踏み越えながら

総漆塗りの唐門ここよりは肌刺すほどの神のまなざし

お犬様かかへし綱吉ほそおもてほのかに笑みて手招くごとし

乙女稲荷千本鳥居なかなかに抜け得ぬ長蛇の列につきゆく

根津権現ぬけて不忍通りまでもどる弥生のなかば汗ばむ

売られゐる彼岸の供花のあかるくて亡きひと弔ふ花と思へず

木瓜の花のあはひあはひに影動き春のツグミは出で来ず長く

ミモザ咲きゆきやなぎ咲き木瓜が咲く千年すこしも変らぬ順序

小松菜にキャベツ、水菜のふつふつと芽吹きていつしか蝶のわく庭

すんすんと麦の穂先の立ちそろひ四月の風の裾ゆらすなり

にはたづみに寄るはなびらの白に白うち重なりてかすか色もつ

噴きあがる満開の花のまぶしさに過ぎし歳月はなやぐごとし

国立《くにたち》の桜並木を吹きぬける春の嵐の韋駄天走り

咲き満てる花は純白揺りあぐる風にしらなみたつ天の沖

ハーモ美術館

諏訪湖までひた走る高速うつとりとうるむ峠の大気を分けて

湖畔なる「ハーモ美術館」出迎ふるダリの彫刻とろける時計

蕩けたる「時*のプロフィール」バックにし写るわれらに過ぎし年月
*ダリの彫刻

アンリ・ルソー「花」のミモザのきらきらと箔置く地上の星座のごとし

税関吏ルソーの線の律義にて甍《いらか》つましき絵画「郊外」

諏訪湖より佐久へと抜けるなめらかなスカイラインをビーナスと呼ぶ

ゆるやかなドライブコースかビーナスの名にぞまどへる夜の妖しさ

人里に浮き立つ火影に門柱の見えて温しも人の居ること

天文台目指す山道うねうねと七曲りして行く方知れず

研究員たつた一人が案内までする天文台佐久の山奥

星の町〈うすだドーム〉*の望遠鏡白き巨体の夜はつややめく

*うすだスタードーム

青年の細き指にて接眼のレンズはめこむ労はるやうに

五五〇〇光年といふ漆黒のかなたに渦巻くばら星雲は

悠久といふなつかしさ漆黒の空に満ちみつ深き畏れは

V

カウントダウン

待ち待てるカウントダウン少女らのこゑにあけゆく「令和」あかつき

名づけられし嬰児のごとし時代とふ目鼻しつかりひらくか「令和」

聞きにゆく講演高橋源一郎たまには激震走れこころに

授業ではないから…、えつと、お許しを。板書にときどき誤字がほろりと

四万冊積みおくはその背表紙をながめるだけさ読みはしないさ

十五年ながめてこれはあれと合ふそこからほぐれてゆくノベルあり

近代がすべて削除をしてしまふ雑草、雑学、雑費、雑念

天皇の師なる熊楠　ヒロヒトが共にゆきたる熊野の神島《かしま》

講演は南方熊楠におよぶ

ループする思想のはてに聳え立つ熊楠きらきらひかる両の眼

粘菌の二大巨頭のヒロヒトにクマグス心底いとしむミクロ

モジホコリ、クモノスホコリ、ハリホコリ単細胞の誇り高しも

粘菌は植物にして動物のらちなきふしぎを生き抜くちから

枠組みのゆるき明治の熊楠がめぐるジャマイカ夢みるちから

アメリカのサーカスに入りし熊楠の奇想天外容れたる明治

いつのまに越えし境かひかりさへ溢れあふれて令和水無月

鞣されながら

さらさらと風通るまで切りつめて沙羅の一樹に呼びこむ夏を

父《ふ》母《ぼ》の家壊して更地となすまでのこころ湿らす水無月の雨

ころころと箒のがるる青柿のこちら寄せればあちらがまろぶ

業者交へみつしり半日父母の家せんなく毀すせんなき談義

解体の契約書なりつらつらと告《の》る説明を零すこころが

印《いん》押すに力要るなり契約書のあちらこちらに咲かす朱《しゅ》の花

風に土舞ひあがるなりトラックの五台がかこむ解体跡地

陰影のたちまち失せし地しらじらと照る夏の陽に蹂されながら

更の地が晒すすみずみ生涯をかけて父が手に入れしもの

いつからを宵とよぶのかゆつくりと闇深めゆくまでのたゆたひ

どうしても目が覚めるのよ寝返りのたびに寂しさ揺れてゐるから

磊落《らいらく》といふ字に三つ四つある小石ひとつふたつと積みなほすなり

「きれいね」といくつもの声ききためて開ききりたる庭の白百合

カサブランカ二十輪の香りたつその濃密をゆらす夜の雨

江戸の夜

急発進防止装置のとりつけの予約の予約をとる炎天下

また車線変へるセダンの尾の揺れの急《せ》くそのさきを飛ぶ夏雲が

深大寺みどりの神域さやさやと袖を触れあふ宇宙センター*
*JAXA調布航空宇宙センター

もつと近くもつと寄つてと説明をする研究員の目こそ少年

つやめける超音速機つきつめる形この世の夢うつくしき

ふかぶかとエスカレーターに降りてゆく奈落のごとき都心の地下へ

たどりゆくいづこも迷路　地の底のコンコースにもある道しるべ

もう一人でいいのと離れて坐る子の意志がかがやく真夏の車中

地上への出口Ｇ１あぎとへる魚のごとくにめざすＧ１

百枚の改稿かかへてたそがれの八丁堀の辻を曲がりぬ

同心が着流しぶらりと歩きくるはつなつたそがれ時空がゆがむ

たそがれは、かはたれのまへ　みつしりと闇がひしめく江戸の夜の辻

針葉樹林

しめやかな風、こぼれ種、逃す運　視えざるものにつまづきてをり

波乱まさに万丈ですねと言はれたる来し方われのものと思へず

亡弟の未支給年金いつまでも宙に浮かして一万時間

ほんの少し残る相続手続きのもうちよつとだけのちよつとが辛し

身のうちに闇は籠りて樹木ならうつそり茂る針葉樹林

蝶ひとつ飛ばぬ炎昼しめやかに身を渡りゆく鎮魂の鳥

宙に浮くものみな妖し八月の雨のかなたをよぎる黒雲

ただひとつ遅るる鳥のこころなど読みて夕空童話のごとし

友だちをおどろかす謎生みたくて小三がかく怪奇小説

「同級のその子がわたしの子だつたの」泉のごとくわくアイディア

「終りからわたしは書くの」まはりみちたのしむ九歳のお伽草子は

きつと根づくきつと咲くとふ呪文かけ爪切草のくれなゐを挿す

青天をつらぬくマンションつぎつぎに角ぐむ都市の樹　張る根のあらず

「泊まりたい」　中学生となりし子の根元の土のごとき祖母の家《や》

かすかなる憂ひまとひて十二歳こころの奥はもう言はざる子

こゑならぬこゑがひびきぬ枝落とす柿の古木の齢《よはひ》百年

そこかしこ灯れる晩夏のプチトマト聞きのがしたることばのごとし

ゆらゆらと疑似餌ゆれゐて餓ゑふかきわれは水面の言葉をさがす

水村

まつすぐに行けば川に出合ふとふ黒白《こくびやく》の地図一枚もらふ

雨雲はゆつくり川面をながれゆく水のひかりを纏ひながらに

多摩川にかかる吊り橋ほつそりと真白き秋を釣りあぐるなり

顎をつとあげし自画像　背景の朱《あけ》に浮き立つ若き一瞥

初秋《はつあき》の松平修文*遺作展　『水村』ふかきみづべの香り

*日本画家、美術評論家、歌人

釣らむとして引きずり込まるるあやふさに巨大魚一尾密に描かる

尾びれ打つ幻想に絵はやぶれつつ「夏沼」副題「陥穽《かんせい》」といふ

横浜のなかぞらにして歌会の部屋飾りゐき「流れよる壺」*

*松平修文の初期日本画作品

ゐのころぐささやぐ水辺のさやさやと絵よりあふれてみちる風音

風さやぐゐのころぐさをときをりに見あげて歌の言葉えらびき

夢のなかまで

堕ちてゆく過去のごとしも穴冠《あなかんむり》ふかぶかとして真夏の空は

さびしさを透かし見るごとガラス壺ひとつこころの隅に置きたり

マリオンの九階シネマ　夏明けの宵に「人間失格」かかる

蜷川実花いろ鮮やかな血にそまる男ゑがきて太宰と名付く

「我在り」の語意「Dasein」下敷きの名にておのれを打ち消しながら

われの太宰むかしの太宰いまどきの太宰どこにもゐない太宰は

いかに姿似せても襞の入りくみし太宰になれぬ蓬髪のひと

音たてず散り敷く欅ゆたかなる玉川上水いまはまぼろし

若さゆゑ透きて野心のほのみゆる芽吹きの野辺ゆくごとき宴よ

ブラッディ・マリー飲み干す二次会の二時間すでにこころ盗られて

いつからが秋か継ぎ目のあらぬ風さうさうとしてニラの花過ぐ

あらくさを入れたる十袋《じつたい》　結露して草のかすかな息蒸れてをり

降りそめし雨がいつしか本降りとなりて夢のなかまで濡るる

VI

香もうつるべし

ゆめゆめ夢忘るるなかれと積みあげしゆめの数だけ崩るるゆめは

見下ろすやうな年輩になつた気がするの十三歳の秋のつぶやき

暴走する自律神経さやさやと沙羅の葉洩れ陽たつぷり吸はす

ゆつくりと下がる水銀気圧計どこまで堕ちても輝きながら

視野白くなるまで雨脚強まりて上陸まではあと十時間

風呂桶に水を満たしてケイタイに電気みたして待つ大嵐

題詠は「傘」にてもちよる歌どれも雫するなり野分のあした

つばさ濡れて飛ぶ鳥の群れ　ぬれながら零れながらにつきゆく一羽

鳥居よりの砂利道長しおのづから人は流れて昏き参道

九条権宮司《ごんのぐうじ》やさしも台風が薙ぎたる木々はまた手植ゑすと

現在は九条宮司

金屏風に下がり松の盆栽がとつても似あふ秋の大祭

〈生ひ立ちが育む歌〉とふ演題に幼き大野誠夫《のぶお》を語る
明治神宮　秋の大祭にて第四回「近現代歌人の家族詠」講演

金木犀匂ふ参集殿まへの記念撮影　香もうつるべし

「雨儀《うぎ》」といふつつましき名を初に知るニュースにしつつとり濡るる正殿

雨儀終りてふたたび雲の厚くなる宮中晩餐雲井の宴

即位の儀つたへる裏のチャンネルに被災地おほふ泥濘厚し

むら雲は裂けてするどき天眼のひかり四方に放ちやまざる

嘘のやう

朝の水けちらしながらセキレイの尾羽つやめく水浴びである

たつたひとりたつたひとりと打つ尾羽その黒白《こくびやく》のさびしさ沁みる

イシタタキ、ツツ、オシエドリ、相思鳥いくつもの名を負ひて鶺鴒

温暖化すすみて庭のバードバス朝ごとに注す水も涸れたり

庭すみに植ゑしあぢさゐふかぶかと繁りて秋の地力ゆたけし

ささはさはと音に遊べる竹群の四方八方ゆれてよろこぶ

少しだけ乱れてごらん楽だぜと直立の樹をおびく竹叢

ただの紙の重さとなりて売られゆく集積場の『夏目漱石』

「牽引」にこれからゆくといふ伴侶「何を引くかつて？　自分の首さ」

男らがぶつかるスクラムじわり押す力あふるる大画面なり

薄型の六十インチにひろびろと波立ちやまぬ能登の裏海

中距離のミサイルは飛ぶ弓なりの日本列島射程に入れて

亡弟が見てゐし旧型テレビジョン　円谷幸吉走りてゐたり

グラスふたつ置きていつまでも話したき亡き人ひとり座らせてをり

巻き戻すボイスレコーダーはるかなる時のかなたのこゑうら若し

夢のやうなものでできてる人間ときけば消えたる夢かはらから

シェイクスピア『テンペスト』より

大空のふともらしたる嘘のやう父母《ふぼ》にはらからあらぬこの世は

冬青

ひとつ葉にひとつ赤き実添ふ冬青《そよご》ふれつつ雨のバスを待ちをり

秋の水満つる野川のせせらぎのこゑ聞き溜めて咲く枇杷の花

傘をさすタイミングむつかし開く手間いとひて小雨のなかを駅まで

雨のインド大使館前ここよりはインド法規の目にみえぬ網

生誕より一五〇年ガンジーの無抵抗主義のソフト・パワーよ

賠償を即放棄せしスリランカかの年かの日の赦しの深さ

サンフランシスコ講和会議におけるジャヤワルダナ元スリランカ大統領演説
「憎悪は憎悪によって止むことはなく、愛によって止む」という仏陀の言葉を引用

反対せし分割統治よスリランカの「日本は日本のままこそ日本」

1951年　対日賠償請求権を放棄

盆栽のささやかな土にふかむ秋　梅の落葉ひとひらのせて

摘みとりしローズマリーの匂ふ指繰りゆくページを香らせながら

野望つねにうつくしくしてはるかにものぞむ荒野をゆく秋の雲

獲物追ふ気配かすかにただよはす作家の卵の隣に坐る

ベストセラー作家もゐたり「海燕」のもと編集長*含み笑ひす

*根本昌夫氏

どこまでもしづかに夢がひろがつてもう収拾のつかぬ秋空

満月

托鉢の僧の目深にかぶる笠ひとふり涼しき鐘打ち鳴らす

別行動取るとわかれし解放感もしやわれより深き夫か

亡きおとうとの声かとふりむく　隣席の男が「姉さん」と連れを呼びたり

在りしこと在らざりしことしつとりと夜来の雨に記憶を濡らす

音もなき雨のまひるま人偏におとうと添はせて「俤」と書く

俤をたどりながらにつづりゆく物語ならいつでも逢へる

いつまでも死につづけをりこれの世の矛盾するどく指さしながら

亡きひとのこゑなきこゑの盈つる壺この世に生を享けて砕けて

昇りゆく天はろばろと果てしなき洞なれ　まんまんと満つる月光
みないつか全き孤身となるまでの昼と夜　みごとな満月である

乗れよ

わが知らぬ身の奥昏《くら》し繁りつつもつれつつゆく歳月の森

大輪の緋ダリア、黄ダリア、八重一重みひらく花屋の奥のあかるさ

リンネの弟子ダールやさしき名づけ親　ダーリア、ダリア律なめらかに

ほめられてひととき嬉し　百日はこころの壺のダリアいきいき

父母はらからみな真つ直ぐで折れやすきダリアの花のごとき一生

寄り添へるうからからはらから墓原にことし真白き供花のダーリア

たをやかに撓ふ竹叢吹きすさぶ風にゆれつつ立ち直るなり

玉砂利にまぎるるるこまかき沙羅の葉をひろふ素《す》の指かしこく動く

庭隅の草刈り終へて鎌一丁洗ふ師走の水の冷たさ

仰ぎたる師走の空をいういうとゆく鯨雲「乗れよ」と誘ふ

日輪がたちまち茜の雲間へと消えて恋しき余光を残す

衒ひなき一身にこそふさはしき孤独死　つやけき新月となる

打ちあげは明日なりJAXA《ジャクサ》の月世界探査機つやめく新月の夜

探査機のおよばぬ宇宙にうかぶ星ありてあらざる一生《ひとよ》のごとし

一五〇〇光年先の底なしの空は未来か過去か分からず

ここからしかみえない過去ありはるかなる未来からみる今のごとくに

おもかげを辿りながらにさかのぼる　過去よりふたたび歩みだすため

後記

『春にして君を離れ』は、『ベイビーズ・ブレス』につづく私の第九歌集となります。二〇一七年前後から二〇一九年前後までの五五二首を再編集して収録しました。主題に合わせて新たに創った歌も含めました。

Ⅰには、二〇一七年頃の世相と日常。Ⅱには、末弟の死。Ⅲには、二〇一八年前後の旅の歌や家族の転勤。Ⅳには、平成の終幕。Ⅴは、令和の幕開けと実家の解体。Ⅵは、出自の家族や家などすべてが消失してもなお続く日常を描きました。集中には公私にわたる旅の歌が多く、旅はこの間の私の生き方をなぞるような、また傷心を宥めるようなものであり、心身の再生のために必要だったと思います。

この期間には、Ⅱのごとく、元号の改まる直前にまだ六十代であった末弟を突然に亡くし、私は実家の係累をすべて喪うことになりました。青年期から世慣れない独身の末弟は、父母と共に暮らしていましたが、父母亡き後は四年ほどの一人暮らしを経て、二〇一八年(平成三十年)二月五日に脳溢血で急逝しました。本書は、間もなく七回忌を迎える末弟の鎮魂と、出自の家族をすべて失った自らを励ますような思いで編みました。一人で旅立った末弟は不憫でありますが、思えば、動物はみな単独でおのれの死に立ち向かうより他はなく、百獣の王ライオンも無敵の象も、みな群れを離れて単独で世を去るといいます。南アフリカのクルーガー国立公園でフォトジャーナリストが、ボス・ライオンの孤独の最期を詳細に記録した際に綴った「彼は自由に生きて自由に死んだ」という一行は、深くこころに沁みました。生きにくい世をものともせず颯爽と生きぬく人もあれば、生きにくいままに受け入れて、身の丈低く過ごす生もあるでしょう。不器用な末弟の生を慈しみつつ、その生きた証を歌として残しておきたいと思いました。

『春にして君を離れ』は、春の初めの末弟との別れを指すものであり、また実家の全ての人との別れを指すものでもあり、一人残されて思いめぐらす自分自身を指すものでもあります。アガサ・クリスティの作品に同名の小説があり、感銘を受けた記憶に基づいて集題としました。初版の一九四四年は、私の生年であることにも心惹かれました。アガサ・クリスティが、メアリ・ウェストマコットという筆名を使い、ひそかに描いた心理に共感するところが多かったのです。思い違いや、独断や偏見に振りまわされながら描く生きているのだという実感を忘れることなく、また徒に悲観することなくこれからの日々を重ねてゆきたいと思います。

私の自由な活動をつねに深い理解をもって見守ってくださる中部短歌会代表の大塚寅彦氏に心から感謝いたします。また「昭和十九年の会」「十月会」そして歌壇の多くの友人に御礼を申し上げます。

装幀の間村俊一様には前集『ベイビーズ・ブレス』でお世話になりました。新鮮な装幀に惹かれ今回もお願いいたしました。校正は長谷川と茂古さんの御協力を得ました。『短歌』編集長北田智広様、大谷燿司様、吉田光宏様いろいろとお力添えをいただきまして有難うございました。角川『短歌』創刊七十周年という記念すべき年の上梓となりましたのは誠に幸いなことでした。

これまでお世話になりました皆様に厚く御礼を申し上げます。

二〇二四年二月五日

古谷智子

著者略歴

古谷智子（ふるや ともこ）

1944年（昭和19年）12月18日生まれ。青山学院大学卒業。75年、「中部短歌会」入会。現同会編集委員、選者。春日井建、稲葉京子に師事。79年、中部短歌会新人賞受賞。84年、同結社賞受賞。

歌集『神の痛みの神学のオブリガート』（85年、ながらみ書房）、『ロビンソンの羊』（90年、同前）、『オルガノン』（95年、雁書館）、『ガリバーの庭』（2001年、北冬舎、日本歌人クラブ東京ブロック優良歌集賞）、『草苑』（11年、角川書店）、『立夏』（12年、砂子屋書房）、『デルタ・シティー』（19年、本阿弥書店）、『ベイビーズ・ブレス』（21年、ながらみ書房、第49回日本歌人クラブ賞）。

評論集『渾身の花』（1993年、砂子屋書房）、『歌のエコロジー』（共著、94年、角川書店）、『河野裕子の歌』（96年、雁書館）、『都市詠の百年』（2003年、短歌研究社）、『幸福でも、不幸でも、家族は家族。』（13年、北冬舎）、『片山廣子——思ひいづれば胸もゆるかな』（18年、本阿弥書店、第17回日本歌人クラブ評論賞候補）。

元現代歌人協会理事、現会員。元日本歌人クラブ中央幹事、現参与。日本文藝家協会会員。明治記念綜合歌会委員。

現住所　〒184-0012 東京都小金井市中町1-6-21

歌集　春《はる》にして君《きみ》を離《はな》れ

中部短歌叢書第313篇

初版発行　2024年7月29日

著　者　古谷智子
発行者　石川一郎
発　行　公益財団法人　角川文化振興財団
〒359-0023　埼玉県所沢市東所沢和田3-31-3
ところざわサクラタウン　角川武蔵野ミュージアム
電話 050-1742-0634
https://www.kadokawa-zaidan.or.jp/
発　売　株式会社 KADOKAWA
〒102-8177　東京都千代田区富士見2-13-3
電話 0570-002-301（ナビダイヤル）
https://www.kadokawa.co.jp/
印刷製本　中央精版印刷株式会社
 ISBN978-4-04-884585-4 C0092